桜の樹の下には

梶井基次郎／著
奇鳥／絵

桜の樹《き》の下には屍体《したい》が埋《うず》まっている！
これは信じていいことなんだよ。

何故《なぜ》って、桜の花があんなにも見事に咲《さ》くなんて信じられないことじゃないか。俺《おれ》はあの美しさが信じられないので、この二三日不安だった。しかしいま、やっとわかるときが来た。桜の樹の下には屍体が埋まっている。これは信じていいことだ。

どうして俺が毎晩家へ帰って来る道で、俺の部屋
の数ある道具のうちの、選《よ》りに選ってちっぽけな
薄《うす》っぺらいもの、安全剃刀《かみそり》の刃《は》なんぞが、千里眼の
ように思い浮《うか》んで来るのか——

お前はそれがわからないと云《い》ったが——そして俺に
もやはりそれがわからないのだが——それもこれも
やっぱり同じようなことにちがいない。

一体どんな樹の花でも、所謂《いわゆる》真っ盛りという状態に達すると、あたりの空気のなかへ一種神秘な雰《ふん》囲《い》気《き》を撒《ま》き散らすものだ。

それは、よく廻《まわ》った独楽《こま》が完全な静止に澄《す》むように、また、音楽の上手な演奏がきまってなにかの幻覚《げんかく》を伴《ともな》うように、灼熱《しゃくねつ》した生殖《せいしょく》の幻覚させる後光のようなものだ。それは人の心を撲《う》たずにはおかない、不思議な、生き生きとした、美しさだ。

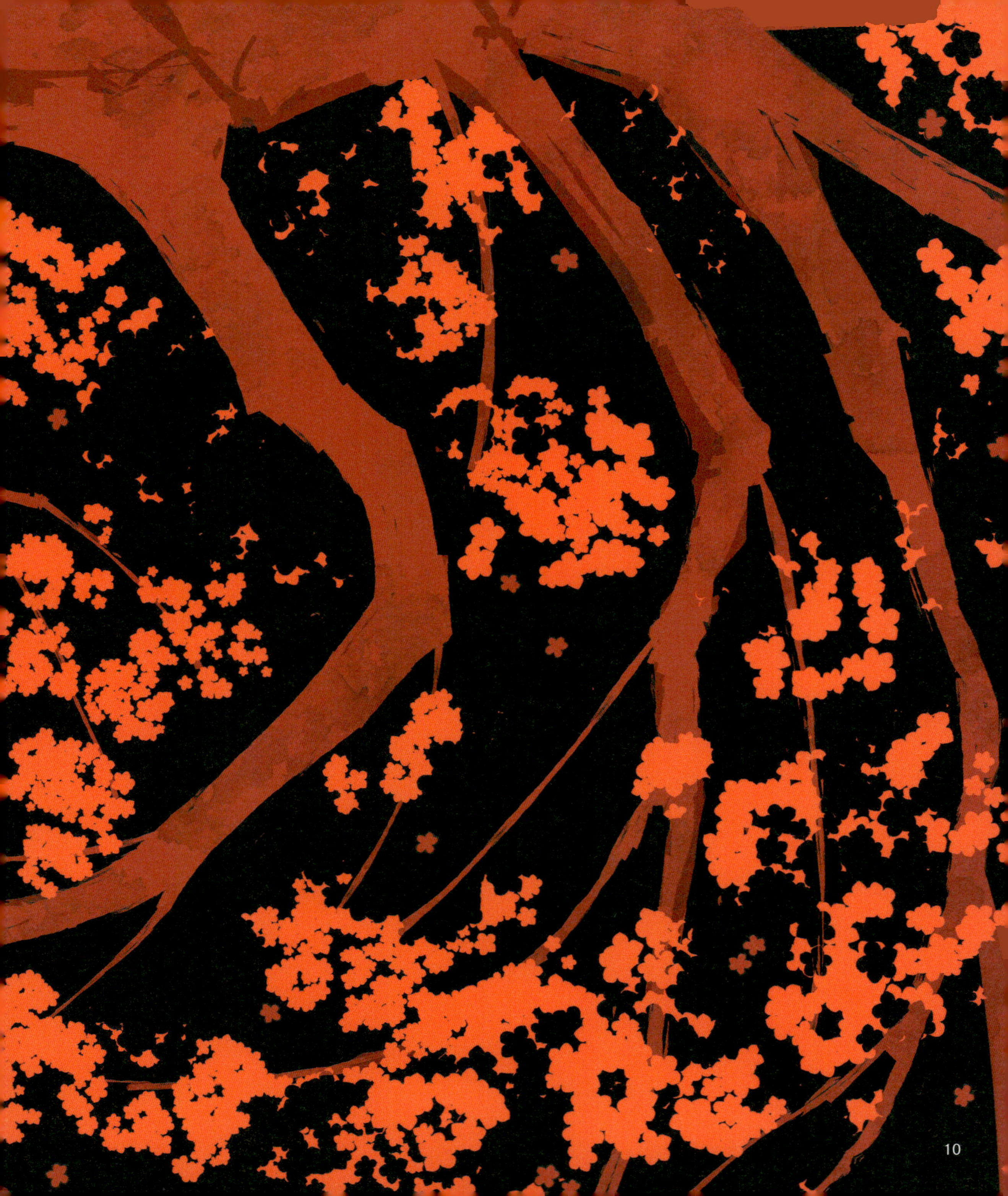

しかし、昨日、一昨日、俺の心をひどく陰気《いんき》にしたものもそれなのだ。俺にはその美しさがなにか信じられないもののような気がした。俺は反対に不安になり、憂鬱《ゆううつ》になり、空虚《くうきょ》な気持になった。しかし、俺はいまやっとわかった。

お前、この爛漫《らんまん》と咲き乱れている桜の樹の下へ、一つ一つ屍体が埋まっていると想像して見るがいい。何が俺をそんなに不安にしていたかがお前には納得が行くだろう。

馬のような屍体、犬猫《いぬねこ》のような屍体、そして人間のような屍体、屍体はみな腐爛《ふらん》して蛆《うじ》が湧《わ》き、堪《たま》らなく臭《くさ》い。それでいて水晶《すいしょう》のような液をたらたらとたらしている。桜の根は貪婪《どんらん》な蛸《たこ》のように、それを抱《だ》きかかえ、いそぎんちゃくの食糸《しょくし》のような毛根を聚《あつ》めて、その液体を吸っている。

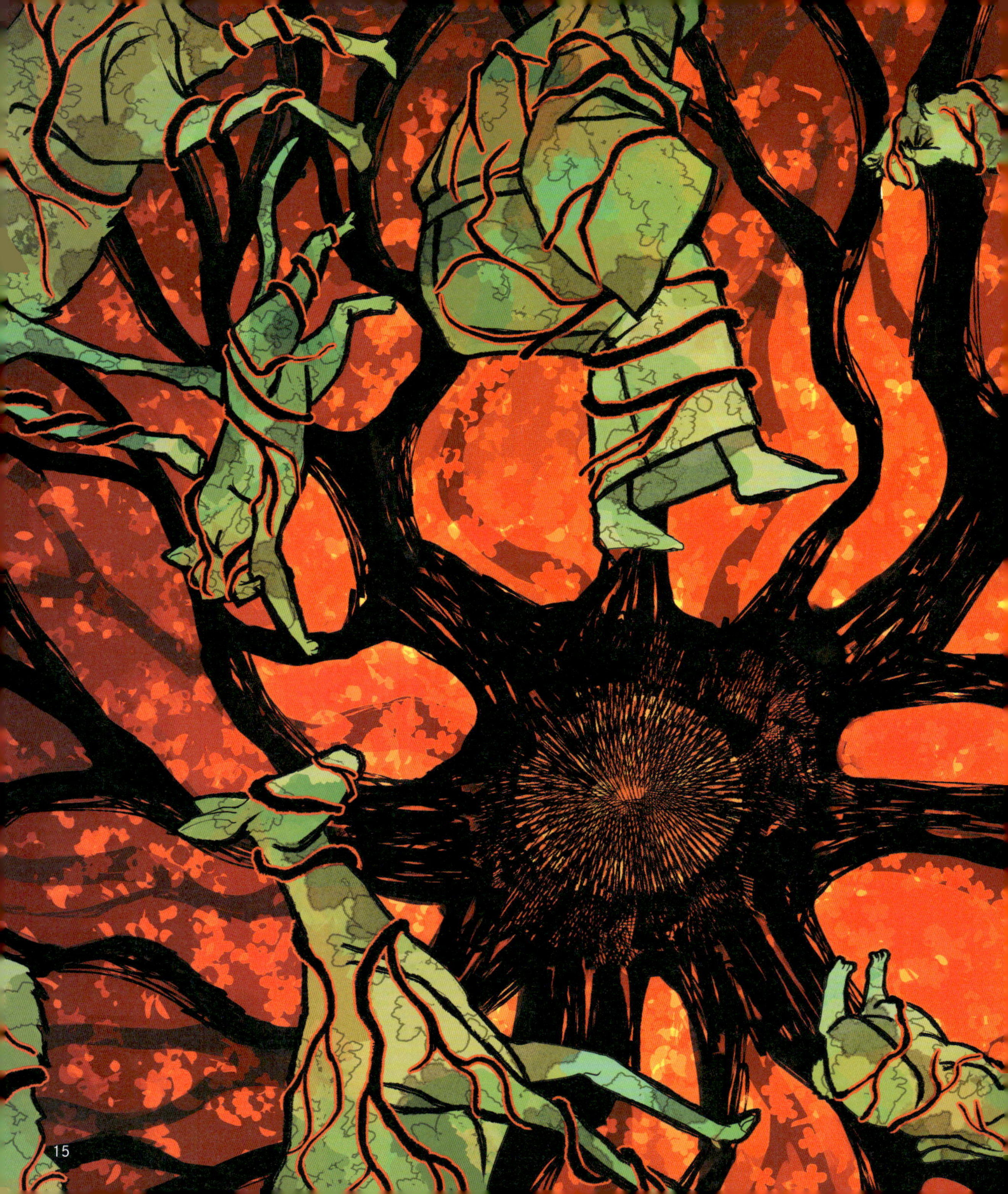

何があんな花弁を作り、何があんな蕋《ずい》を作っているのか、俺は毛根の吸いあげる水晶のような液が、静かな行列を作って、維管束《いかんそく》のなかを夢のようにあがってゆくのが見えるようだ。

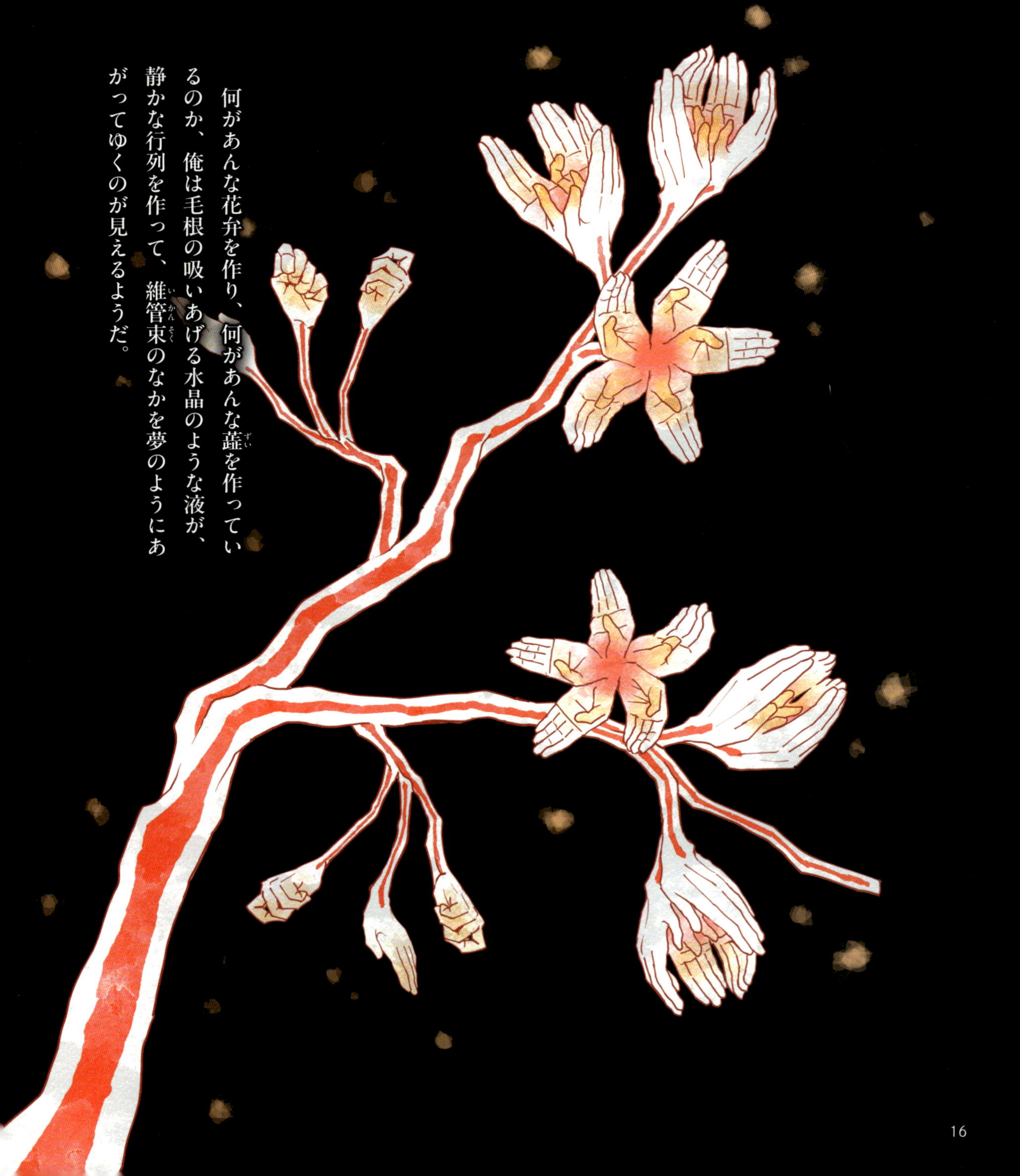

――お前は何をそう苦しそうな顔をしているのだ。美しい透視《とうし》術じゃないか。俺はいまようやく瞳《ひとみ》を据《す》えて桜の花が見られるようになったのだ。昨日、一昨日、俺を不安がらせた神秘から自由になったのだ。

二三日前、俺は、ここの渓《たに》へ下りて、石の上を伝い歩きしていた。水のしぶきのなかからは、あちらからもこちらからも、薄羽かげろうがアフロディット*のように生れて来て、渓の空をめがけて舞《ま》い上ってゆくのが見えた。お前も知っているとおり、彼等《かれら》はそこで美しい結婚《けっこん》をするのだ。

*アフロディット……Aphrodite　ギリシャ神話に登場する美と愛と豊穣《ほうじょう》の女神。ゼウスとディオーネの娘《むすめ》とも、海の泡《あわ》から誕生したともされる。

暫《しば》らく歩いていると、俺は変なものに出喰《でく》わした。それは渓の水が乾《かわ》いた磧《かわら》へ、小さい水溜《みずたまり》を残している、その水のなかだった。思いがけない石油を流したような光彩《こうさい》が、一面に浮いているのだ。お前はそれを何だったと思う。

それは何万匹《びき》とも数の知れない、薄羽かげろうの屍体だったのだ。隙間《すきま》なく水の面を被《おお》っている、彼等のかさなりあった翅《はね》が、光にちぢれて油のような光彩を流しているのだ。そこが、産卵を終った彼等の墓場だったのだ。

俺はそれを見たとき、胸が衝《つ》かれるような気がした。墓場を発《あば》いて屍体を嗜《たしな》む変質者のような惨《ざん》忍《にん》なよろこびを俺は味わった。

この渓間《けいかん》ではなにも俺をよろこばすものはない。鶯《うぐいす》や四十雀《しじゅうから》も、白い日光をさ青《お》に煙《けむ》らせている木の若芽も、ただそれだけでは、もうろうとした心象に過ぎない。

俺には惨劇が必要なんだ。その平衡《へいこう》があって、はじめて俺の心象は明確になって来る。俺の心は悪鬼《あっき》のように憂鬱に渇《かわ》いている。俺の心に憂鬱が完成するときにばかり、俺の心は和《なご》んで来る。

——お前は腋《わき》の下を拭《ふ》いているね。冷汗《ひやあせ》が出るのか。それは俺も同じことだ。何もそれを不《ふ》愉快《ゆかい》がることはない。べたべたとまるで精液のようだと思ってごらん。それで俺達の憂鬱は完成するのだ。

ああ、桜の樹の下には屍体が埋まっている！

一体どこから浮んで来た空想かさっぱり見当のつかない屍体が、いまはまるで桜の樹と一つになって、どんなに頭を振《ふ》っても離《はな》れてゆこうとはしない。

今こそ俺は、あの桜の樹の下で酒宴《しゅえん》をひらいている村人たちと同じ権利で、花見の酒が呑《の》めそうな気がする。

解説　「桜の樹《き》の下には」――〈幻視《げんし》〉の力――

藤井貴志

その作家の美学がこれ以上ない程に凝縮《ぎょうしゅく》された珠玉《しゅぎょく》の一篇《いっぺん》――そのような作品に出会うことは稀《まれ》ですが、原稿《げんこう》用紙に換算《かんさん》してわずか五枚ほどのこの「桜の樹の下には」こそまさしく、梶井基次郎《かじいもとじろう》の特異な美学が結晶《けっしょう》した傑作《けっさく》と言えるでしょう。

この作品が『詩と詩論』という文芸誌に発表されたのは一九二八（昭和三）年一二月のことですが、梶井が生前に刊行した唯一《ゆいいつ》の作品集『檸檬《れもん》』（一九三一、武蔵野書院）に収録する際、削除《さくじょ》された断章があることは重要です。実はこの本で私達が目にする最後の一節――「今こそ俺《おれ》は、あの桜の樹の下で酒宴《しゅえん》をひらいている村人たちと同じ権利で、花見の酒が呑《の》めそうな気がする」――の後に続けて、雑誌掲載《けいさい》の初出では以下の文章が挿入《そうにゅう》されていたのです。

――それにしても、俺が毎晩家へ帰ってゆくとき、暗のなかへ思い浮《うか》んで来る、剃刀《かみそり》の刃《は》が、空を飛ぶ蝮《まむし》のように、俺の頸動脈《けいどうみゃく》へ噛《か》みついて来るのは何時《いつ》だろう。これは洒落《しゃれ》ではないのだが、その刃には

Ever Ready（さあ、何時なりと）

と書いてあるのさ。

いかがでしょうか。このような結末にした場合、この短篇の印象はまるで一変するのではないでしょうか。この作品の第二パラグラフにある「安全剃刀の刃」がここにまた回帰しています。それは「桜の樹の下で酒宴をひらいている村人たち」とは相容《あいい》れることのない不穏《ふおん》なイメージを喚起《かんき》するはずです。梶井の文学は日常的世界――「村人たち」が象徴《しょうちょう》するような――をリアリズムとして描《えが》きつつ、同時にその均衡《きんこう》をふと踏《ふ》み外しかねない危うさが常に付きまとっていて、その緊張《きんちょう》感が特筆すべき魅力《みりょく》となっています。冒頭《ぼうとう》から様々に不穏なイメージをちりばめたこの物語は、ラストの一節に至って平穏に収束したかに見えますが、実は再度「剃刀」の側に傾《かたむ》いてもおかしくない、ギリギリの揺《ゆ》らぎの中にあるのです。

梶井の代表作として名高い「檸檬」（一九二五）にしても同様です。「えたいの知れない不吉《ふきつ》な塊《かたまり》」が「心を始終圧《おさ》えつけていた」という「私」は、「現実」の風景に対して様々な「錯《さっ》覚《かく》」を生じさせ、「その中に現実の私自身を見失うのを楽しむことで「憂鬱《ゆううつ》」な気分を「紛《まぎ》ら」せ「慰《なぐさ》め」ます。「檸檬」の中で「現実」と「錯覚」の「二重写し」と呼ばれるこの構造に着目しましょう。「丸善《まるぜん》の棚《たな》へ黄金色《こがねいろ》に輝《かがや》く恐《おそ》ろしい爆弾《ばくだん》を仕掛《しか》」けるという「檸檬」の結末部は紛れもなく不穏――「剃刀」のように――ですが、それもまた「私」が意識して生み出した「錯覚」であり、謂《い》わば〈幻視〉に過ぎないのですから、「現実」のレベルでは何も変わらず平穏なままなのです。「現実」と「錯覚」（幻視）という二つのレイヤー（層）を「二重

写し」にしてみせる梶井に固有のその美学は、「桜の樹の下には」にも見事に継承《けいしょう》されています。

春になると私達は美しい桜を眺《なが》めながら「酒宴」を開きます。けれども、その「桜の樹の下には屍体《したい》が埋《うず》まっている！」などとは誰《だれ》も想像しないでしょう。私達にとって「現実」の層における桜の美しさは直接目に見えているものとして自足したものだからです。私達は見えるものをしか見ていないのです。しかし梶井にとっては違《ちが》います。「桜の花」の「不思議な、生き生きとした、美しさ」がそのままの形で「信じられ」ない「俺」は「反対に不安になり、憂鬱になり、空虚《くうきょ》な気持」になります。「俺を不安がらせた神秘から自由」になって「心」が「和《なご》んで来る」ためには、その「美しさ」をもたらしている潜在《せんざい》的な力が見出されなければなりません。しかしそれは通常の形で目に見えるものではないのです。「馬のような屍体、犬猫《いぬねこ》のような屍体、そして人間のような屍体」――そのおぞましいものを「桜の根」が「貪婪《どんらん》な蛸《たこ》のように、それを抱《だ》きかか」えて「その液体を吸っている」と〈幻視〉することによって「俺」は、桜という形態に作用している見えない力を見えるようにするのです。作品の中でそれは「美しい透視《とうし》術」と呼ばれます。

「桜の樹」の頭から根っこまで真っ二つに切ってその断面図を覗《のぞ》いてみるならば、梶井における「現実」と「錯覚」の二つのレイヤーが鮮《あざ》やかに見て取れるでしょう。地表に見えている顕《けん》在《ざい》的な「現実」の層と、地下にあって直接には見ることのできない潜在的な仮想現実の層と。梶井は脳内でこのような仮想現実を錯覚＝幻視して「現実」との「二重写し」を一人楽しむことのできる作家でした。結核《けっかく》に侵《おか》され、現実での行動を極度に制限されていたからこそ異様な進化を遂《と》げた、驚《おどろ》くべき想像力の飛躍《ひやく》であったと言えるかもしれません。

「何故《なぜ》だか其頃《そのころ》私は見すぼらしくて美しいものに強くひきつけられた」という一節が「檸檬」にあります。「風景にしても壊《くず》れかかった街」や「汚《きたな》い洗濯物《せんたくもの》が干してあったりがらくたが転《ころが》してあったり」する「裏通《うらどおり》が好きであった」と「私」は言うのです。「見すぼらしくて美しいもの」にこそ惹《ひ》き付けられる梶井のアンビバレントな美学は、「桜の樹の下には」の中では、「腐爛《ふらん》して蛆《うじ》が湧《わ》き、堪《たま》らなく臭《くさ》い」という「屍体」から流れる「水晶のような液」を吸うことによってはじめて桜がその「美しさ」を発現するのだという、おぞましくも魅惑《みわく》的な美学へと発展します。私小説的に読むならば、その「屍体」の中には自らの姿も先取りして〈幻視〉されていたかもしれません。梶井はこの作品を発表した四年後に三十一歳《さい》の生涯《しょうがい》を閉じますが、その屍体を養分として咲《さ》き誇《ほこ》る桜はそのとき、芸術至上主義的な比喩《ひゆ》そのものとなるでしょう。しかし、必ずしもこのように私小説的な読み方をする必要はありません。「桜の樹の下」に広がる見えない無限の領野を駆《か》け巡《めぐ》る〈幻視〉の力を、読者もまた存分に楽しめばそれで良いのですから。

初出　『詩と詩論』1928（昭和3）年12月5日
底本　『梶井基次郎全集 第一巻』筑摩書房　1999（平成11）年

●本シリーズでは、原文を尊重しつつ、若い読者に読みやすいよう、文字表記を改めました。
●今日の観点からみると不適切ととられかねない表現がふくまれていますが、発表当時の時代的背景や作品の持つ文学的価値を鑑み、原文どおりとしました。

著者　梶井基次郎（かじい・もとじろう）

1901年大阪府生まれ。東京帝国大学英文科中退。第三高等学校に在学中から小説創作をはじめる。少年時代から肺結核に苦しみ、療養をとりながらも、1931年に初めての作品集『檸檬』を刊行。その翌年、31歳で亡くなる。

絵　奇鳥（きお）

滋賀県出身のフリーランスイラストレーター。SNSを中心に創作活動を展開。「人と人ならざる者」をテーマにイラストや漫画を制作している。美しくもどこか怪しい和風の作品を得意とし、人と異形が共に過ごす世界を描く。

解説　藤井貴志（ふじい・たかし）

1974年大分県生まれ。立教大学大学院文学研究科博士後期課程修了。博士（文学）。愛知大学文学部教授。専門は日本近現代文学。著書に『芥川龍之介――〈不安〉の諸相と美学イデオロギー』（笠間書院）、『〈ポストヒューマン〉の文学――埴谷雄高・花田清輝・安部公房、そして澁澤龍彥』（国書刊行会）がある。

デザイン　石野春加（DAI-ART PLANNING）

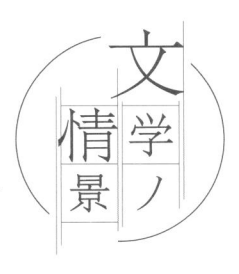

桜の樹の下には

2025年3月　初版第1刷発行

著　者　梶井基次郎
絵　奇鳥
発行者　三谷 光
発行所　株式会社汐文社
〒102-0071　東京都千代田区富士見1-6-1
電話 03-6862-5200　FAX 03-6862-5202
URL https://www.choubunsha.com

印刷所　新星社西川印刷株式会社
製本所　東京美術紙工協業組合

ISBN978-4-8113-3154-6　NDC913　32P